PRÉSENTATION

*''Eastwood, Dunkeld
4 septembre 1893*

*Mon cher Noël,
Je ne sais pas quoi t'écrire, alors je vais te raconter
l'histoire de quatre petits lapins qui s'appelaient
Flopsaut, Trotsaut, Queue-de-Coton et Pierre...''*

Voici comment est né Pierre Lapin, le premier d'une portée d'une vingtaine de petits livres, faciles à prendre dans la main. Des générations d'enfants les ont manipulés, avant même de savoir lire, pour se les faire raconter. Ils y sont entrés aussi facilement que le jeune Noël à qui s'adressait Beatrix Potter.

A presque cent ans de là, les images gardent toute leur fraîcheur et une vérité qui tient à une observation scrupuleuse, une précision de naturaliste. La transparence de l'aquarelle rend sensibles la rondeur chaude et palpitante des petits ventres des lapins exposés innocemment, la drôlerie naturelle des vêtements ajustés. Les intérieurs encombrés et chaleureux s'opposent aux vastes espaces sereins, —l'Angleterre des lacs ; entre les deux, l'univers des hommes existe parfois, avec ses dangers pour les petits animaux. Le regard profondément attentif de Beatrix Potter restitue l'étonnement et l'émerveillement des découvertes enfantines.

Fidèles à leur nature animale, les personnages de cet univers incarnent les sentiments élémentaires et forts qui rencontrent un écho chez les petits d'hommes.

Beatrix Potter a aussi travaillé son texte pour qu'il soit toujours plus simple, naturel et direct. Chaque mot porte sa charge de sensations : sons, odeurs, impression de mouvement donnée tant par le rythme vif du texte que par l'image.

La simplicité de Beatrix Potter n'est ni condescendante, ni moralisante. Elle disait: *"Je n'invente pas, je copie. J'écris pour mon propre plaisir, jamais sur commande."*

Ses petits animaux affairés et pourtant disponibles vivent dans un monde où l'on se sent toujours invité.

Geneviève Patte
7 mai 1980

JÉRÉMIE
PÊCHE ~À~LA~ LIGNE

BEATRIX POTTER

FREDERICK WARNE
in association with
Gallimard

Pour réaliser cette édition, les techniques de photogravure les plus en pointe ont été utilisées, directement à partir des aquarelles originales de Beatrix Potter, et non comme pour les éditions antérieures, à partir de plaques usagées. Ce procédé permet pour la première fois d'apprécier l'œuvre de l'artiste avec une fraîcheur et une vérité jamais atteintes même de son vivant.

FREDERICK WARNE
in association with Editions Gallimard

Published by the Penguin Group
27 Wrights Lane, London W8 5TZ, England
Viking Penguin Inc., 40 West 23rd Street, New York, New York 10010, USA
Penguin Books Australia Ltd, Ringwood, Victoria, Australia
Penguin Books Canada Ltd, 2801 John Street, Markham, Ontario, Canada L3R 1B4
Penguin Books (NZ) Ltd, 182-190 Wairau Road, Auckland 10, New Zealand

Penguin Books Ltd, Registered Offices: Harmondsworth, Middlesex, England

Original title: The Tale of Mr. Jeremy Fisher, 1906
First published in this translation by Editions Gallimard, 1980
This edition first published 1990

Colour reproduction by
East Anglian Engraving Company Ltd, Norwich
Printed and bound in Great Britain by
William Clowes Limited, Beccles and London

Pour Stéphanie
de la part de la cousine B.

JÉRÉMIE PÊCHE-A-LA-LIGNE

Il était une fois un crapaud qui s'appelait Jérémie Pêche-à-la-Ligne. Il vivait dans une maison humide, au bord d'un étang, parmi les boutons d'or.

A l'arrière de la maison et dans la cuisine, le sol était recouvert d'une eau glissante. Mais Jérémie aimait avoir les pieds mouillés et il n'était jamais enrhumé.

Un jour qu'il sortait de chez lui, Jérémie fut très content de voir qu'il pleuvait à grosses gouttes sur l'étang.

« Je vais aller dénicher quelques vers de terre et partir à la pêche aux vairons, dit Jérémie, et si j'attrape plus de cinq poissons, j'inviterai à dîner mes amis le conseiller Ptolémée Tortue et le professeur Isaac Newton, bien que le conseiller ne mange que de la salade. »

Jérémie, vêtu de son imperméable et chaussé de bottes en caoutchouc, prit sa canne à pêche et son panier et partit à grands bonds vers l'endroit où se trouvait son bateau.

Ce bateau était vert et rond comme une feuille de nénuphar et Jérémie l'avait amarré à une plante aquatique, au milieu de l'étang.

Jérémie cueillit un roseau et, s'en servant comme d'une perche, poussa le bateau à découvert.

« Je connais un endroit où il y a des vairons », dit-il.

Jérémie planta sa perche au fond de l'étang et y attacha son bateau. Puis il s'assit en tailleur et prépara son matériel de pêche. Il avait un tout petit bouchon rouge. Sa canne à pêche était faite d'une longue tige d'herbe et sa ligne d'un crin de cheval blanc au bout duquel il attacha un petit ver qui se tortillait.

Pendant presque une heure, il garda les yeux fixés sur le bouchon ; la pluie lui coulait dans le dos.

« Cela devient lassant d'attendre, je mangerais bien quelque chose », dit-il.

Il ramena son bateau à l'abri des plantes de l'étang et sortit les provisions qu'il avait emportées dans son panier. « Je vais manger un sandwich au papillon et attendre la fin de l'averse », se dit-il.

Un gros scarabée d'eau se glissa sous le bateau de Jérémie et lui pinça l'orteil à travers sa botte. Le crapaud croisa ses pattes un peu plus haut pour se mettre hors d'atteinte et continua de manger son sandwich.

Bientôt, quelque chose remua parmi les joncs. Jérémie entendit un bruissement et un clapotis.

« J'espère que ce n'est pas un rat, dit-il, je ferais mieux de partir d'ici. »

Jérémie poussa son bateau un peu plus loin et trempa son hameçon dans l'eau. Presque aussitôt, de fortes secousses agitèrent le bouchon.

« Un vairon ! Un vairon ! Il a mordu ! » s'écria le crapaud en tirant sur sa ligne.

Mais quelle horrible surprise ! Au lieu d'un beau vairon bien gras, Jérémie vit apparaître au bout de sa ligne Jackie Lapointe l'épinoche dont le dos était couvert d'épines pointues.

L'épinoche se débattit, écorcha et mordit Jérémie. Puis, quand elle fut hors d'haleine, elle replongea dans l'eau.

Les autres poissons de l'étang apparurent à la surface et se moquèrent de Jérémie.

Mais, alors que Jérémie, assis tristement sur son bateau, suçait ses doigts meurtris en scrutant la surface de l'eau, quelque chose de beaucoup plus terrible encore se produisit. Quelque chose qui aurait eu des conséquences épouvantables si Jérémie n'avait pas eu son imperméable sur le dos.

Une grosse, une énorme truite jaillit hors de l'eau, saisit Jérémie entre ses mâchoires et l'emporta vers le fond de l'étang.

Mais l'imperméable avait un goût si déplaisant que la truite recracha presque aussitôt sa proie, avalant seulement les bottes de Jérémie.

Le crapaud sauta à la surface de l'eau comme un bouchon de champagne et nagea de toutes ses forces vers la rive de l'étang.

Il se hissa sur la berge et prit le chemin de sa maison en coupant à travers champs, son imperméable en lambeaux.

« Encore une chance que ce n'ait pas été un brochet ! dit-il. J'ai perdu ma canne à pêche et mon panier. Mais ça ne fait rien, car je me promets bien de ne plus jamais retourner à la pêche. »

Il mit du sparadrap sur ses blessures et ses deux amis arrivèrent chez lui pour dîner. Il ne pouvait pas leur offrir de poisson, mais il avait autre chose dans son garde-manger.

Le professeur Isaac Newton était vêtu de son gilet noir et or.

Q uant au conseiller Ptolémée
Tortue, il avait apporté sa
salade avec lui.

A lors, au lieu d'une bonne friture de vairons, tous trois mangèrent une sauterelle rôtie à la sauce de coccinelle. Pour un crapaud, c'est un mets délicieux. Mais moi, je suis sûre que ce doit être très mauvais !